Sabine Grimm

Phantastische Burggeschichten

zum Vor- und Selbstlesen

Kinder, hört Euch Märchen an,

es ist mehr als ein Funke

Wahrheit dran.

Herstellung und Verlag:
Books on Demand GmbH; Norderstedt

ISBN 9783735779601
Illustrationen s/w und farbig

Copyright (2014)
Alle Rechte beim Autor
Cover by Sabine Grimm

Vorwort

Liebe kleine und große Märchenfreunde!

Die Märchenfiguren, die Euch in diesem Buch begegnen, sind bei der Rauschenburg in Olfen, im Münsterland, zu Hause. Phantastische Märchenfiguren werden um die schon viele Jahrhunderte wildromantisch, wie verwunschen daliegende, Schlossruine lebendig. Das lange Zeit leer stehende und im Dornröschenschlaf befindliche Schloss mit seiner bewegten Geschichte als prächtige Residenz für manchen Adeligen, bot durch Lage, Architektur und Historie genau die Kulisse für den Schauplatz, an dem schon manches bewegende Wunder geschah und wo auch heute noch jedes Jahr das Maislabyrinth bezwungen werden kann.

Wie fast alle alten Burgen und mittelalterliche Ruinen, ist auch die Rauschenburg an der Lippe ein sichtbares Zeugnis vergangener Epochen mit historischer Bedeutung.

Die Römer waren in der Zeit von 11 bis 7 vor Christus im heutigen Olfen unterwegs und kontrollierten den Flussübergang über den Lippefluss, eine wichtige logistische Landmarke der römischen Eroberer, deren Schutz die Rauschenburg seit ihres Bestehens mit übernahm. Seit dem Hochmittelalter bis in die Neuzeit gehörte die im 11. Jh. erstmals erwähnte Rauschenburg zum Hochstift Münster und befand sich im sog. Hexenkessel des westfälischen Vierländerecks, in dem die Interessen von vier Landesherren aufeinanderprallten, die der Bischöfe von Münster, der Grafen von der Mark, der Grafen von Dortmund und der Bischöfe von Köln, die über das Vest Recklinghausen herrschten.

Im 14. Jh. n. Chr. war der Bischof von Münster in die Grafschaft Mark eingefallen und fügte der märkischen Umgebung durch Plünderungen und Brandschatzungen sehr großen Schaden zu. Die Angreifer wurden von den märkischen Rittern zurückgetrieben und bei der Rauschenburg an der Lippe geschlagen. Ritter führten damals ein sehr stressiges Leben. Immer wieder kam es zu heftigen Unruhen. Auch im 16. Jh. ließ eine

Fehde die Gegend um die Rauschenburg zum Schauplatz feindlicher Zusammenstöße werden und den Boden um die Burg erzittern.

Auf diesem historischen Fleckchen Erde, wo einst die Ritter von der Rauschenburg herrschten, hat man heute die Möglichkeit, sich eine gemütliche Kaffeepause mit einem frischen Stück Kuchen zu gönnen, im Hofladen der Familie Tenkhoff, die schon seit Generationen an der Rauschenburg beheimatet ist. Heute steht die Rauschenburg nicht mehr für Ritterkriege, sondern für Spargel und Erdbeeren. Ihr Name ist jetzt mit dem beliebten, dort angebauten Rauschenburger Spargel und den Rauschenburger Erdbeeren verbunden. In den ehemaligen Wirtschaftsgebäuden der Burg befindet sich der Spargelhof Tenkhoff. Während der Spargelzeit hat man im dortigen Hofladen die Möglichkeit, sich neben umfassendem Gemüse, Brot, Eiern und Wurstwaren, täglich auch mit leckerem, frischem Spargel, und während der Erntezeit mit frischen, fruchtigen Erdbeeren einzudecken. Es gibt dort alles, was zum Einkaufen auf dem Bauernhof dazu gehört. Auch ein guter Tropfen Wein wäre nicht zu verachten, der dort zum Genuss erworben werden kann. Wenn der Spargel wächst und als erster kulinarischer Frühlingsgruß von den Feldern rund um die Rauschenburg geerntet wird, lädt Stefanie Tenkhoff zum beliebten Spargel-Event in ganz besonderem Flair ein. Denn dann heißt es wieder: Gala-Dinner und Spargel-Buffet an verschiedenen Tagen, zu dem auch die frisch geernteten Rauschenburger Erdbeeren u. a. für die Dessert-Variationen gereicht werden. Infos und Karten gibt es zur eröffneten Spargelzeit im Hofladen Tenkhoff.

Was aber geschieht, wenn die Phantasie von Zeit zu Zeit in geheimnisvollen Bildern durch längst vergangene Welten erhabener Orte streift, und wenn alte Schlösser und Burgen uns ferne, unbekannte Zeiten und phantastische Persönlichkeiten offenbaren?

Die Rauschenburg ist einer dieser magischen Orte. Man muss nur ganz genau hinschauen, dem Wind lauschen und dabei seiner Phantasie freien Lauf lassen.

Rauschenburg 1908

Julius und Rosi vom Schreckenberg

Marielle

Julius und Rosi vom Schreckenberg

Es war einmal ein böser Zauberer. Der hatte auf dem Schreckenberg sein Schloss, das war dunkel und kalt. Es war das Schloss Schreckenberg. Der böse Zauberer brachte mit seiner Autorität Angst und Schrecken über die Menschen. So mied man das Gebiet rund um sein düsteres Schloss. Nur ein mutiger Bauer bestellte seine fruchtbaren Felder am Fuße der alten Burg, die den Schreckenberg krönte.

Im Radieschenacker bei Schloss Schreckenberg lebte im Kreise ihrer Familie die Wühlmaus Rosi. Auch die umliegenden Gemüsefelder beherbergten ganze Mäuse-Großfamilien. Wühlmäuse und Feldmäuse gruben sich ihre unterirdischen Gänge und vollbrachten kleine Erdhügel. Hierbei konkurrierten sie mit den Maulwürfen, die ebenfalls Gänge buddelten und Erdhaufen hinterließen. Das ausgedehnte Gangsystem der Maulwürfe erleichterte sogar die Besiedlung der Wühlmäuse, von denen immer mehr einwanderten. Einen erheblichen Teil ihrer Zeit verbrachten die Mäuse damit, ihr Futter zu suchen und zu erarbeiten. So wühlten sie von morgens bis abends nach Herzenslust im Acker und knabberten neben Löwenzahn und Klee auch Möhrenkeime, Salatpflanzen, Radieschen und vieles Grünfutter mehr. Die Blumenzwiebeln im Bauerngarten waren ihre absolute Leibspeise.

Rosi hatte sich in den Maulwurf Julius verguckt, der tief im Boden sein Zuhause hatte. Er war Spross einer bekannten Großfamilie. Alles, was er von sich gab, war für sie absolut überzeugend und sie bewunderte ihn dafür. Julius war hin und weg angesichts der zarten Rosi. Doch die Familien der beiden waren schon seit langer Zeit verfeindet. Keiner kannte mehr den genauen Grund für die Familienfehde. Dennoch ließen sich alle Beteiligten regelmäßig zu Beleidigungen und blutigen Angriffen hinreißen, sobald sie im Erdreich aufeinander trafen.

Eines Tages legte der Bauer ein Knoblauchfeld an. Viele der Tiere im Acker flüchteten, manche fielen den landwirtschaftlichen Geräten zum Opfer. Rosis Mutter wurde so schwer verletzt, dass sie ein Beinchen verlor. Die gut gefüllten Futterkammern der Mäuse waren zerstört und keiner wusste, wie das Leben weitergehen sollte, Denn das Knoblauchfeld löste bei den hungrigen Wühlnasen reichlich Unbehagen aus.

„Ach, Julius, wenn ich nur wüsste, was ich tun kann! Meine Familie und ich können hier nicht mehr bleiben. Wir haben nichts mehr zu essen für uns alle. Meine Eltern wollen nun mit mir fortziehen. Dann werde ich dich nie mehr wieder sehen." Rosi hatte Tränen in den Augen, als sie Julius diese Nachricht überbrachte.

„Ich möchte nicht, dass du fortgehst, Rosi. Du sollst bei mir bleiben. Wir schaffen das, glaube mir. Gemeinsam schaffen wir alles!"

Julius nahm das Pfötchen seiner Angebeteten in seines und fragte sie: „Rosi, willst du mich heiraten?"

„Ja, ich will!" Rosi schlang ihre zarten Pfötchen um seinen Hals. Doch dann wurde sie traurig und flüsterte: „Aber meine Familie! Meine Mutter, die kaum laufen kann… Sie wollen fortgehen mit unbekanntem Ziel. - Ich kann sie nicht im Stich lassen!"

Julius hielt Rosis Pfötchen ganz fest, drückte es und führte sie ein Stückchen weiter zu einer weiten Wiese am Waldesrand. Hier besaß er ein riesiges Gängesystem. Dieses wollte er als angemessenes Brautgeschenk für seine Allerliebste hergeben.

„Schau dir mal diese schöne Rasenfläche an, Rosi! Wenn ihr wollt, könnt ihr da leben. Hier besitze ich ein unterirdisches Schloss, und dort könnt ihr ungestört leben. Gleich daneben liegt der Wald. Dort habt ihr alles, woran ihr euch erfreuen könnt."

„Aber deine Familie! Sie wird vielleicht nicht damit einverstanden sein!"

„Meine Familie hat darüber nicht zu bestimmen, es ist mein Schloss. Ich stehe zu dir, und auch zu denen, die zu dir gehören. Außerdem habe ich auch kein Problem mit anderen Mäusen. Es ist also Platz genug da, auch für all eure Freunde. Was sagst du nun zu meinem Angebot?"

„Ja! Du bist der Allerbeste und mein größtes Glück!" rief Rosi überglücklich aus. „Wie aber können wir denn meine arme Mutter hierher umsiedeln? Sie hat doch nur noch drei Beine und kann nicht mehr weit laufen?" klagte sie.

Nach kurzer Überlegung antwortete Julius: „Das schaffen wir auch, ich habe eine gute Freundin, die bei dem Problem aushelfen kann."

„Wer ist denn die gute Freundin, kenne ich sie?"

„Es ist Agate, die Blindschleiche."

„Wie soll sie meiner Mutter helfen, vorwärts zu kommen, wenn sie blind ist?" Rosi schüttelte verständnislos ihr Köpfchen.

„Agate trägt den Namen Blindschleiche, ist aber nicht blind und schleicht auch nicht. Sie kann sehr gut und schnell laufen, obwohl sie überhaupt keine Beine hat. Darum hält sie manch einer für eine Schlange. Eine kleine Maus ist für sie kein großes Gewicht. Außerdem kennt sie sich in diesem Waldgebiet sehr gut aus."

„Du bist gut, Julius! Einer Schlange willst du meine Mutter zum Fraß anbieten?"

„Agate ist keine Schlange, sondern eine Eidechsenart. Hab keine Angst. Ich wette, sie könnte deine Mutter in den Wald befördern. Wirst du mir vertrauen?"

„Dir vertraue ich, Julius, aber Agate? Ich weiß nicht so recht. Nun gut, wenn du sie gut kennst, und eine andere Chance haben wir ja nicht."

Rosi lenkte ein und gab Julius ein Küsschen. Dann führte sie ihn zu ihrer Familie, die nach anfänglichem Misstrauen das Angebot ihres zukünftigen Schwiegersohnes dankbar annahm.

Der Umzug war dann überhaupt kein Problem. Mit Agates Hilfe wurde Rosis Mutter wie auf einer Sänfte ins neue Refugium gebracht. In ihrem neuen Zuhause konnten die Mäuse nach Herzenslust an Klee, Löwenzahn, Baumwurzeln und Bodendeckern knabbern. Sie waren von zahlreichen gesunden Kräutern umgeben. Sauerklee und Haselwurz waren ihre Leibspeise. Bäume boten ihnen sicheren Schutz vor großer Hitze oder Unwettern. Der Wald war für alle eine Lebensgemeinschaft mit vielen Tieren, Kräutern und Farnen. Die Farnkräuter liebten sie wegen deren hohen Feuchtigkeitsgehalts ganz besonders. Das Herumwühlen im lockeren Waldboden machte allen einen riesigen Spaß. Wenn sie sich mal etwas anderes gönnen wollten, dann schafften sie es sich von den umliegenden Ackergebieten und Obstbaumwiesen herbei. Diese waren dem Zugriff von Wühlmäusen durchaus würdig, fand Rosi, und sie freute sich riesig über das Hochzeitsgeschenk von Julius.

Das schönste Geschenk zur Hochzeit bekamen aber alle Mäuse und Maulwürfe, denn die Streitigkeiten wurden endlich beigelegt. Nachdem alle sich versöhnt hatten, wurde ein großartiges Fest gefeiert. Von dem herbeigeführten Frieden erfuhren auch die anderen Tiere. Jeder freute sich, hatte Spaß und feierte mit. Es wurde so viel getanzt, dass es den Erdboden erzittern ließ. Die Erde bebte immer stärker und es dauerte nicht mehr lange, bis das Schloss Schreckenberg in sich zusammenstürzte und den bösen Zauberer auf Nimmerwiedersehen unter sich begrub.

Der Rauschenburger Mäusefänger

Der Rauschenburger Mäusefänger

Nahe der Rauschenburg lebte einmal ein Bauer, der hatte drei Söhne, von denen zwei schön und geschickt waren. Der dritte und jüngste aber, dem seine älteren Brüder stets als Vorbilder präsentiert wurden, erschien ungewandt und träge. Alles, was er ergriff, fiel zur Erde und was er unternahm, missglückte ihm. Die einzige Aufgabe, die er vollendet schaffte, war, die Mäuse vom elterlichen Hof wegzulocken. Das war eine äußerst wichtige Aufgabe, denn der Bauer backte sein eigenes Brot, und nicht nur die Leute, die es bei ihm kauften, mochten das Bauernbrot gern, auch die Mäuse liebten es sehr. Paul war tierlieb und wollte die Mäuse, die die Backstube verschmutzten und die Mehlsäcke anknabberten, ohne Gewaltanwendung vertreiben. Hierzu trug er edlen Rauschenburger Schinkenspeck in seinem Rucksack mit sich. Die Mäuse folgten dem angenehmen Schinkenaroma. So war Paul tagein, tagaus unterwegs und lockte die Mäuse vom Hof. Tausende folgten ihm. Seine Brüder schmunzelten und sagten, wer so viel Zeit mit Mäusefangen verschwende, könne es im Leben zu keinem Erfolg bringen. Die Leute riefen hinter ihm her: „Seht nur, der Rauschenburger Mäusefänger ist wieder unterwegs!" Dabei lachten sie Paul aus. Doch das kümmerte ihn nicht viel. Nahe der Burg lebte damals ein wilder Drache. Er war gemein und gefährlich. Niemand hatte ihn je besiegt oder konnte ihn zähmen.

Eines Tages hatte der Drache die Königstochter in den tiefen, dunklen Wald entführt. Um sein Kind zu befreien, befahl der König den mutigsten Rittern, den Drachen zu überwältigen. Er versprach dem eine gute Belohnung, dem es gelingen würde, die Prinzessin aus der Gewalt des Drachen zu befreien. Mehrere tapfere Ritter versuchten, die Prinzessin zu retten. Viele von ihnen kehrten nicht mehr zurück. Als aber kein Ritter es schaffte, sie zu befreien, sollten alle anderen mutigen Männer des Landes um die Prinzessin mit dem Drachen kämpfen. Auch Pauls Brüder versuchten ihr Glück. Doch keiner konnte den Drachen besiegen, denn der Drache konnte zaubern. Er kam seinen Jägern zuvor und machte sich einen Riesenspaß daraus, sich in unvorhergesehene Gestalten zu verwandeln, seine Gegner zu täuschen und in die Irre zu führen. Der König und die Königin setzten die Belohnung noch einmal herauf und versprachen demjenigen, der die Prinzessin befreite, das halbe Königreich und wenn sie einverstanden wäre, die Hand der Tochter dazu. Paul machte sich auf den Weg, die Prinzessin zu befreien. Im Gefolge hatte er Tausende von Mäusen. Bald gelang es ihm, im Wald die Fußspuren des Drachens aufzuspüren. Der tierische Geruch der unzähligen Mäuse übertünchte den individuellen Geruch Pauls. Als er nun zu der Drachenhöhle kam, vor der der Drache mit der Prinzessin saß, gab es ein großes Gebrüll. Die Prinzessin die vor Angst geweint hatte, trocknete ihre Tränen und glaubte ihren Augen nicht zu trauen, als sie den mutigen Jüngling inmitten eines ganzen Heeres von Mäusen erblickte.

Paul rief dem Drachen zu: „Ich bin gekommen, um die Prinzessin zu befreien!"

Der furchterregende Drache schüttelte sich vor Lachen und spie Feuer. Dann fauchte und wütete er. Da hatte ihn dieser freche Mensch doch einfach überrumpelt, ohne dass er sich zuvor hätte verwandeln können.

„Ich werde dir zeigen, wer hier wen holt." Der Drache entzündete mit seinem Feuer ein Holz und blies es wieder aus. Dann fragte das beängstigende Drachentier den unerschrockenen Paul: „Möchtest du, dass ich mich in einen Tiger verwandele, damit ich dich zerfleische, oder in eine Schlange, damit ich dich erdrücke?"

Paul antwortete: „Ich weiß, dass du ein großer Zauberer bist, Drache. Du kannst dich bestimmt in die größten Tiere, die es gibt, verwandeln. Stimmt's?"

Mit stolzgeschwellter Drachenbrust nickte das Ungeheuer und bejahte Pauls Frage. Der sagte dann: „Das habe ich mir schon gedacht. Ich bin mir aber ziemlich sicher, dass du es nicht schaffst, dich in ein kleines Tier zu verwandeln, so klein, wie zum Beispiel eine Maus." Paul zeigte auf seine winzigen pelzigen Begleiter.

„Nichts leichter als das!" dröhnte der Drache und sprach: „Simsalabim, ein Mäuschen ich nun bin."

Im selben Moment verschwand der Drache, und eine kleine Maus saß an seinem Platz. Er war zu dieser Maus geworden. Nun mit den anderen Mäusen auf Augenhöhe blickte er in ein dunkles Mäuseaugenpaar, das einem lieblichen Mausemädchen gehörte. Das Wunder geschah: Die Pfeile der Liebe trafen eine unter Tausenden. Der entzückte Mausdrache verliebte sich in die kleine Mausi und beschloss, selbst für immer auch eine Maus zu bleiben. Diese Entscheidung bereute er nie, auch wegen des bekömmlichen Rauschenburger Schinkenspecks.

Paul brachte die Prinzessin zu ihren Eltern, dem Königspaar, und wurde vom ganzen Volk als Held gefeiert. Wie versprochen erhielt er das halbe Königreich, und weil die Prinzessin es auch wünschte, bekam er sie zur Gemahlin. Die beiden feierten eine einzigartige Hochzeit mit ganz vielen Mäusen und lebten glücklich an jedem ihrer Tage. Als Paul zum König ernannt wurde, ernannte er den Beruf des Mäusefängers, der hoch angesehen wurde. Fortan durften die Mäuse sich sogar in der Öffentlichkeit zeigen.

Gemeinsamkeit macht stark!

Gemeinsamkeit macht stark!

Es war einmal vor langer Zeit bei der Rauschenburg an der Lippe. Die Honigbiene Wanda hatte viel zu tun. Der Duft des Sommers und das Licht der Blumen zogen sie in ihren Bann. Es gab tausende Blüten zu bestäuben und sie flog rege durch die blühende Landschaft. Ein leichter Wind wehte durch die umstehenden Bäume, als sich Wanda auf einer duftenden Rose niederließ. Plötzlich hörte sie eine Stimme: „Hallo, du da oben, würdest du mir einen Wunsch erfüllen?"

Überrascht lauschte Wanda den Worten der Rose, die einen bezaubernden Duft verströmte.

„Was kann ich für dich tun?" wunderte sich Wanda.

„Du kommst doch viel herum. Könntest du meiner besten Freundin einen Gruß bestellen? Ihr geht es gerade nicht so gut. Sie hat mit sich selbst ein Problem. Sie ist eine Brennnessel und hält sich deshalb für wertlos."

„Aber warum denn?" fragte Wanda verwundert.

„Die Brennnessel wohnt in der Flussniederung, wird dort wenig beachtet und wenn doch, dann beschimpft und getreten. Darüber ist sie sehr unglücklich. Ich möchte sie gerne zum Positiven umstimmen und ihr Lebensfreude schenken. Sie soll wissen, dass sie sehr wohl etwas wert ist. Du könntest ihre Glücksfee sein und ihr ein paar liebe Grüße von mir ausrichten."

„Oh ja, das will ich wohl tun", antwortete Wanda eifrig und flog gleich los.

Ihr Weg führte sie mitten in ein gewaltiges Gewitter, das ihr eine große Angst bereitete. Die Blitze zuckten und zerrissen die Luft, der Donner krachte und enorme Regenmassen stürzten vom Himmel. Wanda war nicht wirklich wohl bei ihrem Unternehmen und sie hätte sich am liebsten verkrochen. Doch als überaus verlässliche Biene erschien es ihr wichtig, eine begonnene, gute Sache zu Ende zu bringen. So schaffte sie es tatsächlich, den gefährlichen Weg bei Hagel, Blitz und Donner in die Flussniederung zu überwinden. Bald schon hatte sie die Brennnessel gefunden. Sie lag breit und platt gedrückt auf dem Boden im Geröll und befand sich im Zustand des Erbarmens. Doch ihre Stimmung erhellte sich schlagartig, als Wanda ihr die lieben Grüße der Rose überbrachte. Die Brennnessel war hocherfreut über die Grüße der Königin der Blumen. Ihre Blätter entfalteten und streckten sich sogleich nach oben in die Lüfte. Wie gut ist es doch, wenn jemand an einen denkt, dachte sie gerührt. Schon bald ging es für die Brennnessel wieder aufwärts.

Wenn man heute an der Flussniederung spazieren geht, dann bleibt man vor Erstaunen stehen und bewundert neben der Brennnessel einen herrlichen, blühenden Rosenbusch. Der liebliche Duft steigt jedem in die Nase und jeder wundert sich über die Harmonie, die die Rose gemeinsam mit der Brennnessel ausstrahlt. Der Rosenbusch aber beschützt die Brennnessel, so dass jeder, der es wagt, sie nur anzurühren, sich an seinen Dornen sticht.

Der Spargel und der Regenwurm

Der Spargel und der Regenwurm

Vor langer Zeit lag einmal eine Spargelpflanze zerknittert im Boden. Sie fühlte sich winzig, hässlich und gar nicht wohl. Die anderen Spargelpflanzen um sie herum waren hochgewachsen und schön anzusehen und blickten mitleidig auf sie herab. Darüber war sie sehr betrübt.

Regenwürmer fördern die Wachstumsbedingungen für die Spargelpflanzen, denn sie leben vom Kompost, mit dem der Bauer den Spargel düngt. Sie lockern und belüften gleichzeitig die Erde, aus der die Pflanzen wachsen. Aus diesem Grund waren die Regenwürmer, die im Boden verweilten, in ihrer Familie als Freunde und Helfer bekannt. Das jedoch konnte die unglückliche Spargelpflanze nicht nachvollziehen. Diese fetten Würmer waren lästig und bedrängten sie. Sie schienen zu nichts zu taugen, dessen war sie sich sicher.

„Freunde und Helfer", stöhnte sie gestresst. Über einen Regenwurm ärgerte sie sich gerade wieder mal ganz besonders. Ihn fand sie extrem frech und unverschämt, denn ab und zu knabberte er auch noch an ihrer Wurzel herum, wobei er sie sogar verletzte.

„Lass das sein!" forderte sie barsch. „Such dir einen anderen Platz und beschädige nicht meinen Antrieb!"

„Antrieb, hahaha!" lachte der Regenwurm. „Was soll dir denn hier unten Antrieb geben? Dir können nur Licht und Sonne helfen, nach oben zu kommen! Doch davon siehst du nichts, wenn du dich hier unentwegt im Boden herumdrückst. Im dunklen Untergrund bleibst du immer klein und mickerig, und wirst dich nie leiden können. Außerdem nehme ich dir nur die faule Masse ab, die dich ohnehin belastet."

„Du hast gut reden", sagte die Spargelpflanze. „Wie soll ich hier unten im Erdreich an Licht und Sonne heran kommen?"

„Wenn du jetzt genau aufpasst und zusiehst, wie ich das mache, dann kannst du das auch."

„Meinst du wirklich?" fragte die Spargelpflanze ungläubig.

„Na, klar!"

„Dann zeig mal was du kannst", antwortete sie und ließ den Wurm nicht aus den Augen. Sie beobachtete, dass er sich eine kleine Öffnung schaffte, um an die Oberfläche des Ackers zu kommen, und schwupp, war er nicht mehr zu sehen. Jetzt kannte die Spargelpflanze die Richtung, in die sie ihr Weg führen sollte. Mit Eifer bemühte sie sich darum, es dem Wurm gleichzutun. Nach einer Weile fühlte sie sich wie geblendet. So etwas hatte sie noch nie zuvor empfunden. Licht, Sonne und wohlige Wärme umfingen sie. Sie fühlte sich befreit und einfach fantastisch. Plötzlich war sie groß und schön. Sie ließ ihren Blick über das Spargelfeld gleiten und erkannte endlich, dass ihre Familie und Freunde bewundernd zu ihr aufblickten. Niemals zuvor hatte sie so anerkennende Blicke gespürt. Sie genoss dieses neue, schöne Gefühl, dass sie selbstbewusst, und noch größer und stärker werden ließ.

Nun verstand sie, dass sie den richtigen Weg zum Erfolg gewählt hatte und dass sie dem Regenwurm, der sie zunächst herausforderte, viel verdanken konnte. Denn durch seine Anregung war sie endlich zum Ziel gekommen.

Seit dieser Zeit hatte sie sich zu einem begehrten Gemüse gemausert und gehörte zu den königlich aussehenden und wohlschmeckenden Spargelpflanzen, die unter den Feinschmeckern sehr viele Liebhaber haben. Wenn sie nicht verspeist wurde, genießt sie ihre Beliebtheit noch heute.

Der Kaiser und die Erdbeere

Vor vielen Jahren wurde dieses Land von einem berühmten Kaiser besucht.

Er machte sich auf, sich in den verschiedenen Provinzen genau umzusehen und die Bewohner bereiteten ihm einen würdigen Empfang. Als er im Münsterland bei der Rauschenburg an der Lippe angelangt war, fiel sein Blick auf ein Laubblattwerk auf dem Ackerboden. Sobald er näher hinsah, entdeckte er eine wohlgeformte, faszinierend hell leuchtende Beere. Ihr glänzender Anblick erinnerte ihn an den wertvollen Inhalt seiner heimischen Schatzschatulle.

Die Beere war eine Erdbeere und noch unreif. Doch dann wurde sie von der Sonne geküsst und von einem warmen Sonnenstrahl gestreichelt, der ihr zu noch viel mehr Glanz und einem süßen Aroma verhalf. Sie verströmte einen zauberhaften Duft.

Dem Kaiser lief schon das Wasser im Mund zusammen, wenn er nur an den bevorstehenden

Genuss dachte. Mit Begeisterung bückte er sich selbst, um sie zu bekommen, damit kein anderer außer ihm sie berühren sollte, diese prachtvolle Frucht. Funkelnd strahlte sie ihm entgegen. Als der hohe Herrscher nach ihr griff, sie mit zwei Fingern streichelte und drückte, wurde sie vor Verlegenheit ganz rot. Des Kaisers Appetit auf etwas Leckeres war nach dem Anblick der roten Beere sehr angeregt und er leckte sich über die Lippen. Endlich pflückte er die Erdbeere, steckte sie genussvoll in seinen Mund und ließ sie leidenschaftlich auf seiner Zunge zergehen. Der Geschmack der köstlichen Frucht war himmlisch und der Kaiser mochte gar nicht daran denken, dass dieser Hochgenuss enden würde, nachdem er sie gehabt hatte. Da er sie probierte und intensiv schmeckte, fand er sie seinesgleichen absolut würdig. Er gab ihr den edlen Namen „Kaiserin des Ackerbodens" und die Erdbeere wurde weit über die Rauschenburg in Olfen hinaus weltberühmt. Noch heute sind Erdbeeren dort und überall sonst sehr beliebt. Die Menschen aber erzählten sich dort wie hier den Grund, warum die Erdbeere ihre rote Farbe bekam.

Ungewissheit verbindet

Ungewissheit verbindet

Es war einmal ein Rhabarber, der stand stolz und hoch auf seinem Feld und überblickte das bunte Naturgeschehen um sich herum. Seine Stangen waren dick, die Blattstiele üppig, und weil er so stabil wirkte, hielt er sich für sehr wertvoll. Ab und zu fiel sein mitleidiger Blick auf kleine rote Beeren, die auf dem Erdboden des Nachbarfeldes wuchsen, denen er aber weiterhin wenig Beachtung schenkte.

Die Erdbeeren, die sich ihres Wertes sehr wohl bewusst waren, bemerkten sein Gehabe und lehnten ihrerseits den Rhabarber ab. Nichts wollten sie mit diesem hochmütigen Gemüse zu tun haben, um sich durch seine überhebliche Art nicht erniedrigen zu lassen. Denn auch sie waren stolz und fühlten sich keineswegs unterlegen.

Beliebt bei den Menschen sind beide Arten, weil sie höchst wohlschmeckend sind. Darüber hinaus passen sie geschmacklich sehr gut zueinander. Besonders an heißen Sommertagen wirken sie eisgekühlt sehr frisch und sind eine perfekte Beilage zu guten Speisen.

Und so geschah es auch mit dem stolzen Rhabarber und den erhabenen Erdbeeren. Eines Tages fanden sie sich dicht gedrängt, nebeneinanderliegend auf einem süßen Tortenboden wieder. Das war für beide nicht einfach. Zur Krönung wurden sie mit Schlagsahne bespritzt. Ihnen war klar, dass sie die Gaumenfreuden der Menschen anregen sollten, denn ihre Bestimmung war es, selbst in die feinsten Häuser und gierigsten Mägen zu gelangen, auch dabei Gemütlichkeit, Wohlbefinden und gute Laune zu vermitteln. Doch wozu brauchte der Rhabarber dazu die Erdbeere, dachte dieser, und die Erdbeere fragte sich, warum der Rhabarber ihr die Show stahl.

Doch als beide so auf dem festlich, gedeckten Kaffeetisch stehen durften, wurden sie sehr nervös. Es war ihnen gar nicht mehr wohl in ihrer Haut. Im gastlichen Haus an edler Tafel teilzunehmen, war das eine, was aber würde ihnen widerfahren, wenn sie die Schwelle zum Magen übertreten hätten?

Wer denkt schon an Streit und Konkurrenz, wenn er ein ungewisses eigenes Schicksal erwartet?

Plötzlich spielte die Rivalität um den Beliebtheitsgrad zwischen den zwei beliebten Früchten keine Rolle mehr. In dem Augenblick, in dem sie auf der Torte dicht nebeneinander lagen, verband sie ein ganz neues Zusammengehörigkeitsgefühl, das sie miteinander verschmelzen ließ. Beide genossen es sehr, und der Streit war vergessen. Dies ist der Grund dafür, dass sie sich geschmacklich so wunderbar vereinigen und für die Menschen eine Delikatesse darstellen.

Das Wunder von Olfen

Marielle

Das Wunder von Olfen

Im westlichen Münsterland, in der Stadt Olfen, liegen große Felder, wo die Ackerbauern Getreide- und Gemüsesorten anbauen und pflegen.

Auch bei der Rauschenburg an der Lippe, gibt es weite Felder mit ertragreichen Früchten. Je nach Saison findet man dort Spargelfelder, Erdbeerfelder, Getreide- und Kürbisfelder. Es wird geerntet, was das Herz begehrt. Doch das war nicht immer so.

Vor langer Zeit gab es in Deutschland und Europa durch Kriege, Seuchen und Missernten oft Hungersnöte. Die Menschen konnten sich nicht nur nicht satt essen, sie hatten gar nichts zu essen. Im 17. Jahrhundert kam endlich die Kartoffel ins Land, die sogar bei schlechten Boden- und Witterungsverhältnissen einen guten Ertrag brachte. Auch im Münsterland hatte die Knollenfrucht ihren Einzug gehalten, und so gab es damals an der Rauschenburg an der Lippe ein riesengroßes Kartoffelfeld. Direkt daneben lag ein ebenso stattliches Gurkenfeld.

Die Gurken im Feld waren mit den Kartoffeln als neue Nachbarn allerdings gar nicht zufrieden. Sie selbst wurden bereits seit dem Mittelalter in den Gärten um die Rauschenburg angebaut und hatten schon die alten Ritter gesehen. Ihre Samen wurden im 17. Jahrhundert als Heilmittel hoch geschätzt. So glaubten die Gurken, die älteren Rechte zu haben und lehnten die Kartoffeln, die anders waren als sie, als Eindringlinge ab. Da die Kartoffeln aber unter der Erde wuchsen und die Gurken über der Erde, kamen sie sich nicht ins Gehege, und die meisten Gurken gewöhnten sich an die tolle Knolle aus dem Untergrund.

Als der Bauer eines Tages ein drittes Feld mit Kürbissen anlegte, waren die Kartoffeln im Nachbarfeld bei den Gurken bald vergessen.

Die blühende Farbkombination der Gurken und Kürbisse war zauberhaft, und manch ein Spaziergänger blieb stehen, um diesen herrlichen Anblick zu genießen. Das Kürbisfeld war dem Gurkenfeld so nahe, dass sich manche Gurken heimlich in die nachbarlichen, leuchtenden Kürbisse verliebten. Auch die Kürbisse warfen schmachtende Blicke in das Gurkenfeld hinüber, und manch einer fand dort seine Favoritin. So ging das schon über Wochen.

Die Kürbisse wuchsen und gediehen prächtig, was die Gurken mit Freude und Anerkennung bestaunten. Auch die Schlangengurken wurden lang und länger, was die Kürbisse mit wohlwollender Beachtung aufnahmen.

Eine Gurke griff mit ihren langen Wurzeln in das Kürbisfeld hinein und die Natur erlaubte es ihr, sich an den Kürbis, dem sie schon seit längerer Zeit in Zuneigung erlegen war, anzuschmiegen. Zum Glück ging es dem Kürbis ebenso, und er genoss es, mit seiner allerliebsten Gurke in inniger Umarmung dicht zusammenzukriechen. Ihre Liebe zueinander wuchs stetig, wie auch ihre Größe. Die Zusammengehörigkeit der beiden Liebenden entging dem Auge des Betrachters nicht; und bei der Ernte im September rührte man sie nicht an. Als kurz danach auch die Kartoffeln aus der Erde kamen und sie das Liebespaar erblickten, freuten sie sich sehr für die beiden, applaudierten mit Begeisterung und wünschten ihnen viel Glück. Da erkannte die Gurke, dass sie die Kartoffeln falsch eingeschätzt hatte und dankte ihnen für die guten Wünsche. Sie war traurig, dass all die anderen Gurken nicht mehr erkennen konnten, wie nett so eine Kartoffel doch war. Doch sie waren bereits alle abgeerntet.

Die Gurke und der Kürbis aber blieben gemeinsam an ihrem Platz bei der Rauschenburg und konnten dort ihre Liebe bis an das Ende ihrer Tage genießen.

Maislabyrinth an der Rauschenburg 2013 © Luftbild-Gutzeit

Das Maislabyrinth

Es war einmal vor langer Zeit an der Rauschenburg im Münsterland. Kaiser Tartufolo war der mächtigste Herrscher über alle Erdäpfel der Nachtschattengewächse in seinem Erdbodenreich an der Rauschenburg. Wenn er auf seinem Thron saß und über all seine Millionen Untertanen regierte, hielt er seinen Stab fest in seiner Hand. Da er aber nicht mehr der Jüngste war, dachte er schon oft daran, das Zepter an seinen Sohn, Prinz Kartoffel, abzugeben. Der Prinz brauchte eine Frau, die ihm in seinem hohen Amt zur Seite stehen würde. Schön und klug sollte sie sein, damit sie seinem Sohn eine Stütze beim Regieren sei, wünschte sich der Kaiser.

Er wusste, dass im Nachbarland der roten Nachtschattengewächse mehrere wunderschöne Prinzessinnen lebten. Sie waren die Töchter des sehr reichen und einflussreichen Tomatenkönigs. Eine von ihnen wäre gewiss genau die Richtige für Prinz Kartoffel, glaubte der Kaiser aus dem Erdapfelland. Zu seiner Freude war der Prinz schon lange in die schöne Prinzessin Tomata verliebt. Doch der Tomatenkönig Tomateus wollte sich von seinen Prinzessinnen nicht trennen und dachte sich ständig neue Schwierigkeiten aus, um eine Verbindung seiner Tochter zu Prinz Kartoffel zu verhindern. Da er aber mit seinem Nachbarn nicht in Unfrieden leben mochte, versuchte er es mit Diplomatie. Eine Tochter von König Tomateus musste man sich erst verdienen. Er ließ Kaiser Tartufolo eine Botschaft verkünden: „Prinz Kartoffel darf die Prinzessin Tomata erst dann heiraten, wenn er den Weg durch das Maislabyrinth, unter dem ein wertvoller Goldschatz verborgen ist, schafft. Den Schatz muss er finden und als Brautgeschenk mitbringen. Um ihn zu finden, muss er das ganze Maisfeld durchschreiten. Denn nur demjenigen, der das Labyrinth bezwingt, wird sich der Schatz zeigen." So lautete die Überlieferung.

Mit seiner gnadenlosen Bedingung verwehrte König Tomateus dem jungen Prinzen den einfachen Weg zur Prinzessin. Stattdessen musste der, wollte er um seine Angebetete werben, eine beschwerliche, gefährliche Reise antreten, um das weitflächige, kaum zu bezwingende Maisfeld zu durchschreiten.

Neben dem Kartoffel- und dem Tomatenreich lag das riesige Maisfeld, das wie ein Labyrinth angelegt war. Eingang und Ausgang des Labyrinths waren akribisch genau festgelegt. Der Tomatenkönig ließ die Ordnungsmäßigkeit der Lage regelmäßig von seinen Untertanen überprüfen. Nur dann, wenn Prinz Kartoffel alle Schwierigkeiten meisterte, wäre er einer Tomatenprinzessin würdig, und er könnte einer Vermählung mit der Prinzessin zustimmen. Der König, der sein Töchterchen lieber bei sich zu behalten gedachte, grinste zufrieden. Niemals würde Prinz Kartoffel das Maislabyrinth überwinden und schon gar nicht den schweren Goldschatz heben können, der vor langer Zeit im

Erdboden versteckt wurde; davon war er überzeugt und aus dem Grund hatte er ihm absichtlich diese schwierige Aufgabe gestellt.

Prinz Kartoffel, der die schöne Prinzessin Tomata herzlich liebte, glaubte fest daran, dass sein Herz ihn schon auf den richtigen Weg zu ihr führen würde. Doch sein gutes Gefühl hatte ihn getäuscht. Das Maislabyrinth erwies sich als undurchdringlich. Prinz Kartoffel hatte sich in den vielen Gängen innerhalb des Labyrinths hoffnungslos verlaufen. Er kehrte um und suchte wieder den Eingang, um von dort aus mit der Suche nach dem richtigen Weg noch einmal zu starten. Der Eingang aber war zwischen den vielen Irrwegen nicht mehr zu entdecken. Verloren stand der Prinz mitten im Maisfeld. Wo war der Hauptgang zu finden, dachte er verzweifelt, und wo konnte er den Schatz ausfindig machen, der die Bedingung für die Hand der Prinzessin war?

Eine dicke Träne lief über seine braune Schale. Das sah eine Krähe, die seinen Zustand bedauernd zur Kenntnis nahm. Sie fragte ihn, was er denn für ein Leiden habe. Der Prinz erzählte ihr von der Prinzessin und dem Goldschatz, den er finden musste. Des Suchens müde geworden, senkte er seinen Blick nach unten. Es fiel ihm schwer einen klaren Gedanken zu fassen. Da krächzte die Krähe: „Du scheinst blind zu sein. Siehst du denn das Gold nicht, das überall um dich herum ist? Wenn das mal kein Schatz ist!"

Der Prinz schaute auf, als er aus dem Augenwinkel etwas Goldenes wahrnahm. Er sah einen golden strahlenden Maiskolben vor sich. Plötzlich nahm er noch viele andere gelbgoldschimmernde Maiskolben wahr. Beherzt brach er einen Kolben ab, und die Krähe, die von oben die bessere Aussicht auf die Labyrinthgänge hatte, flog über ihm und zeigte ihm den Weg, sicher aus dem Labyrinth heraus. Es dauerte nicht lange, da hatte er den Ausgang gefunden. Glücklich trug er den stattlichen Maiskolben bei sich, der sonnengelb in seinen Händen lag.

Bald hatte er das Reich des Tomatenkönigs erreicht und brachte ihm den goldenen Maiskolben. Doch der König verlangte den Goldschatz, den vor vielen Jahrhunderten die

Ritter der Rauschenburg im Boden vergraben hatten und den noch niemand gefunden hatte. So wies er den Prinzen mit seiner Gabe ab.

Da erschien Prinzessin Tomata. Sie stellte sich an die Seite des Prinzen und sagte: „Wenn du ihn fortschickst, Vater, gehe ich mit ihm. Ich habe so lange auf ihn gewartet und endlich ist er hier."

„Meine Tochter, eine Tomatenprinzessin muss man sich erst mal verdienen! Prinz Kartoffel hat doch nichts vorzuweisen außer seiner braunen

Schale und einen von abertausenden Maiskolben!"

„Aber Vater! In seiner braunen Schale steckt ein edler Kern, den ich über alles liebe! Das ist mehr als kaltes Metall mir je geben könnte. Mais kann man essen, Gold nicht. So werde ich an Prinz Kartoffels Seite niemals Hunger leiden müssen!"

Da König Tomateus seine Tochter sehr liebhatte und sie ihn für gewöhnlich sowieso immer um den Finger wickelte, gab er nach und sie schließlich dem Prinzen aus dem Erdapfelland zur Frau.

Dass der Prinz das Maislabyrinth bezwungen hatte und dafür die schöne Prinzessin zur Frau erhielt, sprach sich in den Feldern rund um die Rauschenburg schnell herum. Prinz Kartoffel war der ganz große Held, und sein Vater, der Kaiser Tartufolo war überaus stolz auf seinen Sohn, der eine große Aufgabe souverän gemeistert hatte. Nun konnte er ihm bald sein Kaiserreich guten Gewissens übertragen. Auch

König Tomateus gewöhnte sich schnell an den Gedanken, dass seine Tochter eines Tages zur Kaiserin aufsteigen würde.

Das junge Paar war sehr glücklich miteinander und befehligte ein großes Reich mit vielen Tausenden Untertanen. Die Krähe wurde zum Minister ernannt und bewacht noch heute den Goldschatz der alten Rauschenburger Ritter im riesigen, undurchdringlichen Maisfeld.

Der Streit der Wunder

Sonne, Regen, Wolken und Wind, die die Natur unserer Erde leiten, waren sich überhaupt nicht einig. Die Sonne, die genau wusste, wie wichtig sie ist, blendete ständig mit ihren Qualitäten, verhielt sich eitel und lachte den Wind, die Wolken und auch den Regen aus. Sie warf ihnen vor, auf dem Planeten nichts als Schaden anzurichten und ließ sie wissen, dass alle Erdbewohner nur die Sonne mögen würden und mit Regen, Wolken und Wind nichts zu tun haben wollten. Der Wind, die Wolken und der Regen schlossen sich zusammen und machten gemeinsame Sache. Sie antworteten der Sonne mit Gewalt, jeder auf seine eigene Weise, so dass die Sonne vor ihnen fliehen musste, um nicht durcheinandergeschüttelt, durchnässt und völlig glanzlos zu werden. Die Wolken ließen die Sonnenstrahlen nicht mehr bis zur Erde gelangen. Es wurde schattig, kühl, bald dunkel und sehr schnell kalte, finstere Nacht.

Der Wind trumpfte mit Orkanstärken auf, die durch gefahrbringende, massive Verwüstungen auf der Erde tatsächlich große Schäden anrichteten. Bäume wurden mit ihrem Wurzelwerk aus dem Boden gerissen und abgeknickt. Häuser stürzten ein, Bäume, Schiffe, Autos und andere Gegenstände flogen durch die Luft, und der Schiffsverkehr war lahmgelegt. Zahlreiche Menschen kamen zu Schaden oder sogar um ihr Leben.

Der Regen prasselte auf die Erde, ließ die Flüsse anschwellen, die über die Ufer traten und ganze Landschaften zerstörten. Viele Menschen und Tiere konnten sich vor den Fluten nicht mehr retten und ertranken.

Mutter Natur war darüber sehr betrübt und knöpfte sich die drei Konkurrenten ganz energisch vor. Zur Sonne gewandt sagte sie: „Sonne, wenn du den anderen Vorwürfe machst und ihnen schlechtes Betragen vorhältst, brauchst du dich nicht zu wundern, wenn sie dir Recht geben und dieses Verhalten auch an den Tag legen."

Zu Wind, Wolken und Regen gewandt sagte sie: „Nur aus Wut auszuschweifen, das Wetter auf Erden zu verändern und unter den Erdbewohnern Schäden zu verursachen ist nicht in Ordnung. Ihr sollt eure Arbeit tun, damit sie der Erde dienlich ist."

Die Sonne belächelte die Wolken, den Wind und den Regen neckisch. Da sagte Mutter Natur zu ihr: „Sonne, deine Leistung ist im Übrigen auch nicht immer befriedigend. Hier und dort ist gar kein Arbeitsvermögen von dir vorhanden. Ohne deine Strahlen kann auf der Erde aber nichts gedeihen. Wo du die Erde mit deiner Hitze überlastest, gedeiht auch kaum etwas. Menschen und Tiere brauchen deine Strahlen um gesund zu bleiben. Weil sie sich in deiner angenehmen Wärme und in Deinem Licht viel besser fühlen, lieben sie dich, Sonne.

Die Erde braucht aber auch den Regen, denn er ist wichtig für die Pflanzen. Er lässt den Boden nicht austrocknen, und alle Gewächse darin können Wurzeln schlagen und wachsen. Sie nehmen die Nährstoffe in sich auf, die das Wasser aus der Erde herauslöst, damit sie gut gedeihen. Das Wasser ist der Urquell allen Lebens und auch für Menschen und Tiere lebensnotwendig. Darum brauchen die Erdbewohner ebenso das Wasser.

Ohne den Wind und die Wolken könnten sie aber auch nicht überleben. Denn der Wind bewegt die Wolken, die die Wassertröpfchen sammeln und diese dann hoch in der Luft halten, um es irgendwann irgendwo regnen zu lassen, damit das lebensnotwendige Wasser wieder auf die Erde gelangt. Deshalb und weil der Wind an heißen Tagen so erfrischend ist, und es sich mit seiner Unterstützung besonders gut segeln lässt, mögen die Menschen auch den Wind."

Der Wind, die Wolken und der Regen frohlockten. Der Wind säuselte: „Da hörst du eingebildete Sonne es endlich, ohne mich läuft hier nichts auf diesem Planeten."

„Ohne uns auch nicht", ergänzten die Wolken.

„Ohne mich erst recht nicht, ihr Angeber", schwatzte der Regen.

Da mischte Mutter Natur sich wieder ein und erklärte: „Liebe Wolken, Regen und Wind, bildet euch nur ja nichts Falsches ein und hört gut zu: Ohne die Sonne, die aus Meeren, Seen, Flüssen und Bächen Wasser verdunstet und als Wasserdampf nach oben steigen lässt, gäbe es euch Wolken nicht.

Wenn du, Regen, es regnen, hageln, graupeln oder schneefallen lassen willst, brauchst du die Wolken, die ohne die Sonne nicht da wären; und du, Wind, könntest dann keine Wolken hin und herschieben oder am Himmel schweben lassen. Also trennt euch von dem Gedanken, dass nur einer von euch von besonderer Bedeutung ist. Jeder einzelne von euch ist gleich wichtig und auf Dauer unentbehrlich. Nur gemeinsam könnt ihr eure Stärke so einsetzen, dass sie ein Gewinn für das Ganze und für die Menschen ist. Bemüht euch also darum, diesen Planeten mit all seinen Bewohnern in einem vernünftigen Gleichmaß mit euren Kräften zu versorgen."

Da erschienen die vier Elemente und ergriffen Partei für die vier Naturwunder. Jedes Element gab etwas zu bedenken.

Das Wasserelement klagte über die von den Menschen herbeigeführte Wasserverschmutzung und die die Vermüllung der Meere, der zahllose Meereslebewesen, Flusstiere und Vögel zum Opfer fielen. Öl erstickte Meere und Riffe, Gifte und Chemikalien sickerten ins Grundwasser, stiegen hinauf in die Wolken und regneten wieder auf die Erde herab, was Mensch und Tier großen Schaden zufügte. Wenn Unwetter über die Erde fegten und Blitz und Donner Feuer entzündeten, verdampfte das Feuer das Wasser.

Das Luftelement klagte über die Luftverschmutzung, die die Menschen, durch Rauch, Ruß, Staub, Gase und vieles mehr, was nicht in die saubere Luft gehört, herbeiführte.

Das Feuerelement beschuldigte die Menschen, die durch ihre Lebensart Klima und Landschaft rasant veränderten und so die Überschwemmungen hervorriefen, deren Wasser Feuer löschte.

Auch das Erdelement beschwerte sich über immer häufigere Umweltkatastrophen durch den Klimawandel, die mit Überschwemmungen einhergingen, denn zu viel Wasser weichte die Erde auf, und Bodenverschmutzungen durch den Menschen waren zu einer großen Bedrohung geworden.

„Kalt- und Warmzeiten haben sich schon immer abgewechselt, seit es die Erde gibt", sagte die Luft. „All das hatte natürliche Ursachen."

„Allein durch seinen Lebenswandel ist der Mensch schuld daran, dass es auf der Erde immer wärmer wird", sagte die Erde.

„Ja, durch sein Verhalten fordert er die Naturkräfte heraus und schadet sich dadurch selbst", stimmte das Wasser ihr zu.

Das Feuer aber prophezeite: „Es ist nur eine Frage der Zeit, bis der Mensch sich selbst ausgelöscht hat."

Die Sonne, die Wolken, der Wind, der Regen und die Schöpfung hatten ihnen aufmerksam zugehört. Da nickte Mutter Natur und sagte: „Der Mensch muss in einem vernünftigen Gleichmaß leben, in Verantwortung für sich selbst und andere. So könnte auf der Erde vielleicht irgendwann einmal wieder Ruhe einkehren."

Die Rosenprinzessin

Die Rosenprinzessin

Prinzessin Larissa wuchs mit ihren zwei Brüdern bei ihren Eltern auf einer mächtigen Burg auf. Sie wurde von allen geliebt und führte ein angenehmes Leben. Sie hätte sich den leichten Dingen des Lebens zuwenden können, bis der Prinz gekommen wäre, der sie zur Ehefrau wählte. Die Menschen bewunderten sie, selbst ohne dass sie etwas dafür tun musste. Doch das reichte ihr nicht Sie wollte in ihrem Leben etwas Eigenes schaffen, was auch anderen Menschen zugute kommen würde.

Der Schlosspark war der Garten ihrer Kindheit. Im Park blühten prächtige Blumen, bunte Rabatten waren angelegt, die Rhododendronbüsche säumten die Wege ein. Zwischen Buchsbaumhecken gab es ein altes, eisernes Gartentor. Wenn man dieses Tor durchschritt, gelangte man in den Nutzgarten. Das war Prinzessin Larissas liebster Ort und sie nannte ihn ihren geheimen Garten. Jeden Tag ging sie dorthin, genoss die Sonne, die fast jeden Tag schien, das Gefühl der

Freiheit und dass niemand wusste, wo sie sich gerade aufhielt. Die Mauern um den Garten beschützen sie und sie fühlte sich an ihrem Lieblingsplatz geborgen. Am Mauerrand lag ein Blumenbeet mit duftenden Blumen. Die Farbpalette reichte von hell bis dunkelblau. Weiße Buschwindröschen kamen hier und da vorwitzig hervor. Es sah aus wie ein bunter Teppich mit weißen Tupfen darauf. Daneben wuchsen Erdbeeren, Gurken, Tomaten, Karotten, Paprika, Salate. An Sträuchern hingen schwarze, weiße und rote Johannisbeeren, Himbeeren, Brombeeren und Stachelbeeren. Apfelbäume, Birnenbäume, Kirschbäume, Pfirsichbäume, und ein Pflaumenbaum trugen reich an Früchten. Die Vögel sangen aus Leibeskräften, und das Paradies war geboren. Die Prinzessin liebte es, dort zu sein, egal bei welchem Wetter. Im Garten war immer etwas zu tun. Ständig musste gejätet oder gegossen werden. Sie hatte gefunden, was sie voll und ganz erfüllte und konnte von der Gartenarbeit gar nicht genug bekommen. Sie freute sich über jeden Blumentrieb, den sie hegte und pflegte, so dass die Blumen bald in ganzer Pracht blühten.

Als die Prinzessin gerade auf die Welt gekommen war, stand mitten im Garten ein alter, verdorrter Rosenbusch. Diesen wollte der Gärtner durch den Rosenbusch ersetzen, den ihre Eltern von ihrer Patentante zu ihrer Geburt geschenkt bekamen. Als er sich bemühte, den alten Rosenbusch herauszureißen, gelang ihm das nicht. Also setzte er den neuen Rosenbusch einfach daneben. Mittlerweile war der zu einem großen Busch geworden. Der entkräftete Rosenbusch dümpelte weiter vor sich hin.

Als die Prinzessin noch ein kleines Mädchen war, verliebte sie sich in den vertrockneten Rosenstrauch und kümmerte sich um ihn. Bald kehrte das Leben in ihn zurück. Sie knipste die kleinen Ableger aus der Mutterpflanze heraus und setzte sie erneut in den Boden hinein, danach hegte und pflegte sie die Pflanze so sorgsam, bis eine neue Rose daraus hervorkam. Dieses Wunder der Natur überraschte und begeisterte sie so sehr, dass sie ihre Rosenzucht wiederholte, viele Jahre lang, und es gelang ihr auf diese Weise eine Rosenpracht zu erschaffen, die herrlich duftete und leuchtete. Die Rosen breiteten sich aus und boten einen herrlichen Anblick. Prinzessin Larissas Rosen wuchsen üppig mit den anderen Rosen um die Wette. Sie kletterten die Mauer hinauf und auf der anderen Seite wieder herunter und schmückten nun auch den Burghof. Jeder bewunderte ihr prachtvolles Werk.

Die Prinzessin war zierlich und doch robust. Selbst wenn es windig und kühl war, machte ihr das nichts aus, und sie ging in ihren geheimen Garten. Manchmal genoss sie einfach nur das schöne Wetter und legte sich auf das Bett, das im Gartenpavillon stand, um sich auszuruhen. Meistens aber fielen ihr dann neue Ideen ein, und sie stand auf, um zu gärtnern. Fast immer hatte sie danach ihr Gesicht mit Erde verschmiert, trug Blätter im Haar, oder ihre zarten Hände wiesen Kratzer auf. Doch die Prinzessin nahm diese Verletzungen in Kauf, denn das Wichtigste war für sie, dass ihre Rosen schön blühten, so dass die Menschen sich daran erfreuen konnten.

Nach einigen Jahren hatten sich die Rosen so weit ausgebreitet, dass die Menschen Prinzessin Larissa *die Rosenprinzessin* nannten. Alle freuten sich mit ihr über die Pracht, die sie ganz allein auf den Weg gebracht hatte. Ihr Name wurde über die Landesgrenzen hinaus bekannt. Die Rose, die nun aus dem einst erschlafften Rosenstrauch zur Pracht erblüht war, erhielt Larissas Namen. Da diese zauberhafte Rose namens *Prinzessin Larissa* unter Rosenliebhabern sehr berühmt war, wurde diese Züchtung eine der beliebtesten.

Alle Menschen liebten Prinzessin Larissas Park. Die Besucher kamen von weither angereist, um die Schönheit der Rosen zu genießen. Als Prinzessin Larissa achtzehn war, kam auch der Prinz, der ihre Rosen bewunderte. Er fragte sie, wer ihr Lehrer gewesen sei, dass sie so etwas Phantastisches geschafft habe.

Darauf antwortete die Prinzessin: „Mein Lehrer heißt Liebe."

Da war der Prinz so hingerissen, dass er sofort um ihr Hand anhielt.

Märchen

Märchen verzaubern, beeindrucken, fesseln...
Märchen sind lieblich, grausam und gemein...
Märchen zählen zu einer bedeutsamen und sehr alten Textgattung in der mündlichen Überlieferung und treten in allen Kulturkreisen auf, um von ihnen zu lernen.

Sind Märchen überaltert und passen nicht mehr in unsere Zeit, oder dürfen wir sie heute noch mögen? Können wir auch heute noch von ihnen lernen?

Der Begriff „Märchen" ist die Verkleinerungsform der mittelhochdeutschen Märe, was „Kunde, Bericht, Nachricht" bedeutet. Märchen sind Prosatexte, die von wundersamen Begebenheiten berichten.

Märchen haben eine Reise in die eigene Seele zu bieten. Man hat die Möglichkeit, sich mit dem Inhalt des Märchens innerlich auseinanderzusetzen und für das Leben Lehren daraus zu ziehen oder anderen zu vermitteln.

Märchen verkörpern einen wunderbaren Gegensatz zur Schnelllebigkeit unserer heutigen Zeit. Da Lebensweisheit transportiert wird, ist es auch heute noch sinnvoll, von ihnen zu lernen. Sie können eine Orientierung im Leben bieten. Zum Beispiel, wenn wir lernen, dass auch die kleine Geldbörse reicht, um glücklich zu sein und die große uns Unglück bringen könnte. Märchen sind ein Land voller Zauber. Märchen wissen, dass einzig die Liebe die Kraft besitzt, glücklich zu machen, denn sie trägt uns auf Flügeln über Berge, Täler und Meere in das Land voller Zauber und Träume. Es gibt eine Lebenszeit für die Liebe. Mehr Zeit hat man nicht. Bei meinen Lesungen habe ich beobachtet, dass die Eltern den Märchen genauso fasziniert lauschen, wie die Kinder. Manch einem wurden sogar Tränen der Trauer oder Freude entlockt.

Wenn es um die Märchen der Brüder Grimm geht, denkt man unwillkürlich an die Klassiker wie *Schneewittchen* oder *Dornröschen*. Märchen enden glücklich. Doch die beiden haben viel mehr geschrieben - auch Märchen, die nicht in das herkömmliche Raster passen. Jemand, der

Märchen als brutal verstehen will, da manche Mär gnadenlos erscheint, z. B. wenn der böse Wolf bei *Rotkäppchen* Wackersteine in seinen Bauch genäht bekommt, oder die böse Hexe aus dem Märchen *Hänsel und Gretel*, von Gretel in den Ofen geschoben wird, - was alles ein nicht minder gnadenloses Vorhergeschehen hat -, wird der Intention dieser Aussagen nicht gerecht. Vielleicht sollte man den Zeitpunkt, wann man diese Art Märchen den Kindern vorliest, insofern günstig bestimmen, dass man es nicht vor dem Gute Nacht-Kuss und „Nun schlaf schön und träum süß" tut. Doch auch diese brutalen Märchen haben ihre Berechtigung, denn sie fordern in ihrer Symbolik dazu heraus, die fürs wahre Leben unnatürlichen, unschönen und schlimmen Dinge auszuhalten, die eigenen Gefühle darüber kennenzulernen, zwischen *Gut* und *Böse* bzw. *dem Überleben zugetan* oder *abtrünnig zu sein*, zu differenzieren und so manche Gefahr in der Wirklichkeit möglichst zu vermeiden. Man erkennt, dass jemand vermeintlich Stärkeres - *Hexe* -, der einem selbst oder jemand anderem Böses will, sich damit keinesfalls durchsetzen, oder über einen siegen muss.

Man hat immer die Möglichkeit, sich zur Wehr zu setzen oder Nothilfe zu leisten - genauso, wie Gretel Hänsel in der Not hilft, als sie die böse, nach Hänsels Leben trachtende Hexe, in den Ofen befördert.

Märchen verzaubern, beeindrucken, fesseln. Darum finde ich es gut und wichtig, den Märchen in unserer Zeit Raum zu geben. Das Wunderbare und Mystische an den fantastischen Geschichten ist, dass in Märchen die Unsterblichkeit schlummert. Denn der Möglichkeit, über die Zeiten hinaus zu existieren, wird Raum gegeben: Und wenn sie nicht gestorben sind, dann leben sie noch heute...

„Wenn du intelligente Kinder willst,
lies ihnen Märchen vor.
Wenn du noch intelligentere Kinder willst,
lies ihnen noch mehr Märchen vor."

Albert Einstein

Sagen

Eine Sage ist eine auf mündlicher Überlieferung basierende, kurze Erzählung, deren ursprünglicher Verfasser in der Regel unbekannt ist. In ihrer Art ist sie dem Märchen und der Legende ähnlich, wenn sie von fantastischen, die Wirklichkeit übersteigenden Ereignissen berichtet. Sagen sind von ihrer Entstehung her mit realen Begebenheiten, Personen- und Ortsangaben verbunden, so dass ihnen der Eindruck eines Wahrheitsberichtes anhaftet. Bei den Wandersagen haben verschiedene Völker und Kulturen häufig fremde Inhaltsstoffe und exotische Motive für ihre eigenen Sagen übernommen und sie mit ihren persönlichen landschaftlichen und zeitbedingten Eigentümlichkeiten und Anspielungen vermischt.

Entscheidend wurde der Begriff der Sage durch die Brüder Grimm geprägt. Das **Grimm'sche Wörterbuch,** *Bd. XIV, 1893,* spricht von der *Kunde von Ereignissen der Vergangenheit, welche einer historischen Beglaubigung entbehrt".*

Ferner von *„Naiver Geschichtserzählung und Überlieferung, die bei ihrer Wanderung von Geschlecht zu Geschlecht durch das dichterische Vermögen des Volksgemüts umgestaltet wurde.* Hierbei greifen subjektive Wahrnehmung und objektives Geschehen dermaßen ineinander, dass übernatürliche, unglaubhafte Begebenheiten den Wesenskern einer Sage bilden. Es besteht also nicht allein das Subjektive. Auch eine objektive Annahme hat ihre Berechtigung.

Sagenhelden werden benannt, und wie im Märchen gehört die Vermenschlichung von **Pflanzen** und **Tieren** zur Sagenwelt. Auch übernatürliche Wesen wie Zwerge, Feen, Elfen und **Riesen** sind in der Sagenwelt zuhause.

Anders als beim zeitlosen Märchen - *Es war einmal...* - mit den allgemeinen Ortsangaben, wie z. B. dem Wald, Brunnen, der Hütte und den typischen Märchenfiguren, wie König, Prinz, Prinzessin, Stiefmutter, Hexe…, sind bei der Sage tatsächliche Ereignisse, Lokalitäten und Persönlichkeiten vorhanden. Diese, im Nachhinein fantastisch ausgeschmückt und gestaltet, wurden Anlass für die Erzählung der Sage.

Damit steht der Realitätsanspruch der Sage über dem des Märchens.

Weil zum Dreigestirn noch eines fehlt, sei hier die Legende noch angeschlossen. Legenden sind Erzählungen, zumeist in erhöhender Weise, über Begebenheiten oder Leben und Tod von Personen. Sie muten an, dass es sich um unzutreffende Tatsachenbehauptungen handelt. Manche Legenden aber können einen Kern von historischer **Wahrheit** enthalten. In bildhafter oder szenischer Erzählform suchen sie den Kern einer Tatsache oder den Sinn eines Geschehens zu vermitteln, auch wenn die jeweils erzählte Geschichte **quellenmäßig** unverbürgt ist.

Danke

An dieser Stelle möchte ich mich bei denjenigen bedanken, die mich bei der Anfertigung dieses Buches unterstützten und mir Quellen und Bilder zur Verfügung gestellt haben.

Baeredel, Dortmund;

Jörg Gutzeit, Recklinghausen;

Ingrid und Norbert Joemann, Datteln;

Aloys Tenkhoff, Halle;

Spargelhof Tenkhoff, Olfen;

Bernhard Wilms, Studiendirektor a. D., Olfen.

Nachwort

Hiermit beende ich die Reise in die Vergangenheit und in die Welt aus Phantasie und Mystik. Ich freue mich, dass mich, obwohl es zahlreiche Schlösser und Burgen gibt, gerade die Rauschenburg dazu inspirierte, ihre Geschichten und Märchen aufzuschreiben. Die Rauschenburg liegt romantisch-verwunschen in einer Gräfte am Fluss, umgeben von naturnahen Wäldern, Wiesen und Feldern, im Herzen des Münsterlandes.

Es hat mir sehr viel Freude bereitet, für alle interessierten Leser und Leserinnen, die alten märchenhaften Pfade rund um die Rauschenburg zu beschreiten, und die Geschichten um die, längst in wild romantischen Zustand versetzte Burg, in diesem Buch aufzuschreiben. Meine berühmten Namensvettern, die Brüder Grimm, ließen einst ihre gesammelten Märchen von ihrem Märchenschloss aus um die Welt gehen. So wie sie die Sababurg im Weserbergland als Dornröschenschloss auserkoren, in dem das Dornröschen hundert Jahre schlief, um danach endlich von ihrem Prinzen wachgeküsst zu werden, hat sich mir die Rauschenburg märchenhaft erschlossen. Deshalb wurden auch an diesem Ort Prinzessinnen und Prinzen lebendig, die einander küssten... Auch mutige Ritter und darüber hinaus eine ganze Schar von bunten Märchengestalten, die ich meinen Lesern nicht vorenthalten möchte, erschienen an diesem historischen Platz. Wie es bei märchenhaften Geschichten der Fall ist, sind deren Namen jedoch frei erfunden.

Phantastische Burggeschichten ist ein Buch für die kleinen und großen Märchenliebhaber und die, die es werden wollen. Erwachsene könnten während des Lesens der Geschichten auf vergangene Erfahrungen zurückblicken und die Message eines Märchens als eine Erkenntnis verstehen, die vielleicht beim Lösen eines vergangenen Problems hilfreich gewesen wäre. Die Kleinen lernen die tieferen Botschaften von Märchen gleich von der Pike auf. Das Märchenlesen sollten wir uns erhalten.

Sabine Grimm

Die Windschaukel

Am rauschenden Fluss
schaukelt das Kind
im Rauschenburger Wind.

Inhaltsverzeichnis

Vorwort	4
Julius und Rosi vom Schreckenberg	10
Der Rauschenburger Mäusefänger	18
Gemeinsamkeit macht stark	24
Der Spargel und der Regenwurm	28
Der Kaiser und die Erdbeere	33
Ungewissheit verbindet	36
Das Wunder von Olfen	40
Das Maislabyrinth	45
Der Streit der Wunder	54
Die Rosenprinzessin	62
Märchen	68
Sagen	72
Danke	75
Nachwort	76
Inhaltsverzeichnis	79
Bilderverzeichnis	80
Quellenverzeichnis	82

Bilderverzeichnis

Die Rauschenburger	3
Rauschenburg; Hofladen Tenkhoff	7
Burg und Ruine Rauschenburg v. 1908	8
Julius und Rosi vom Schreckenberg	9
Rauschenburger Mäusefänger	17
Gemeinsamkeit macht stark	23
Der Spargel und der Regenwurm	27
Kaiserin Erdbeere	32
Der Rhabarber und die Erdbeere	35
Rauschenburg – Die Gurke und der Kürbis	39
Rauschenburg –Maislabyrinth 2013	44
Kaiser Tartufolo und Prinz Kartoffel	45
König Tomateus und Prinzessin Tomata	50
Prinzessin Tomata und Prinz Kartoffel	52
Streit der Wunder	53
Die Rosenprinzessin	61
Rapunzel	67

Rauschenburg – Die Windschaukel 78
Sabine Grimm 85

Coverbild: *Tanz in Flammen*

„In bunten Bildern wenig Klarheit,
viel Irrtum und ein Fünkchen Wahrheit."
Goethe

Faust I

Vorspiel auf dem Theater

Quellenverzeichnis

Veröffentlichte Bilder mit freundlicher Genehmigung von:

Aloys Tenkhoff, Halle
Burg und Ruine Rauschenburg, v. 1908   S. 8

Jörg Gutzeit
Rauschenburg –Maislabyrinth 2013   S. 44
Luftaufnahme

Coverbild: Gemälde der Rauschenburg
aus dem Familienschatz der
Familie Tenkhoff.

Familie Tenkhoff, Hofladen,
Dattelner Straße 84, 59399 Olfen,
Tel: 0049 (0) 2363/31942.

Mailto: info@tenkhoff.de

www.tenkhoff.de

Literatur

Ritter, Bürger, Bauersmann; Heinrich Pleticha

Einführung in die Sagenforschung, 3. Aufl., UVK-Verl.-Ges., Konstanz; Leander Petzoldt

Das Antwortbuch der Geschichte, Elting/Folsom

Deutsches Wörterbuch, Jacob Grimm und Wilhelm Grimm

Historischer Stadtführer, Datteln; Theodor Beckmann; Ingrid Breuer; Reiner Erpenbeck; Thomas Mertens; Gertrud Ritter; Anne Stahl

Archiv Freiherr von Twickel zu Havixbeck Bestand Rauschenburg

Sabine Grimm

www.sabine-grimm.de

www.readers-feeling.de

Kultur hilft,
Würde zu bewahren
und Wandel zu bewältigen.

Bücher aus der Reihe „UNRUHIGE ZEITEN"

Band 1
Unruhige Zeiten:
Der lange Weg der Rittersleut',
in die moderne, neue Zeit

Band 2
Unruhige Zeiten:
Burg Wilbring - Heimat des Hexenwahns?

Band 3
Unruhige Zeiten:
Die Herren von Frydag zu Buddenburg

Band 4
Unruhige Zeiten:
Der Buddenburg-Mord

Band 5
Unruhige Zeiten:
Tragödie von Niering

Band 6
Unruhige Zeiten:
Die Buddenburger – Zeitzeugnisse

Band 7
Unruhige Zeiten:
Adelslinien – Die Herren von Frydag

Sabine Grimm

„**Impressionen – Schloss Buddenburg**",
reich bebildert, mit Sprüchen und Lebensweisheiten
ausgewählt von Sabine Grimm

„**Impressionen – Schloss Löringhof**",
reich bebildert, mit Sprüchen und Lebensweisheiten
ausgewählt von Sabine Grimm

„**Impressionen – Schloss Wilbringen**",
reich bebildert, mit Sprüchen und Lebensweisheiten
ausgewählt von Sabine Grimm

„**Geschichte & Impressionen – Burg Henrichenburg**",
reich bebildert mit Sprüchen und Lebensweisheiten
ausgewählt von Sabine Grimm

„**Sternschnuppen Schatz Sagen**"
Verborgene Schätze in Westfalen
Schatzsagen und geheimnisvolle Orte

Diese Bücher sind deutschlandweit über den Buchhandel zu
beziehen, teils auch in Canada und Amerika.

Neue Grimms Märchen 2014

Burggeschichten zum Vor- und Selbstlesen

Rittergeschichten zum Vor- und Selbstlesen

Poetische Burggeschichten zum Vor- und Selbstlesen

Dramatische Burggeschichten zum Vor- und Selbstlesen

Romantische Burggeschichten zum Vor- und Selbstlesen

Phantastische Burggeschichten zum Vor- und Selbstlesen

Reich bebildert in bunt und s/w.

Sabine Grimm

Mailto: look@grimmstory.de